MW01108922

Les éditions la courte échelle inc.
Montréal • Toronto • Paris

François Pratte

François Pratte est né en février 1958.

Passionné de sciences et d'inventions, il a été l'animateur et l'auteur du magazine télévisé pour enfants *La puce à l'oreille*, à Radio-Canada, de 1985 à 1989.

Il est le père de deux garçons, Julien et Olivier, à qui il souhaite une planète plus saine dans l'avenir.

En 1989, il a reçu le Prix d'excellence de l'Association des consommateurs du Québec pour *Le secret d'Awa* paru à la courte échelle.

Awa dans le désert est le deuxième roman qu'il publie à la courte échelle.

Suzane Langlois

Née en 1954, Suzane Langlois étudie l'illustration et le graphisme, à Hambourg, en Allemagne.

Puis, elle illustre des pochettes de disques, des romans et des manuels scolaires, entre autres choses. Elle a fait les dessins de son premier livre pour enfants pour une maison de Tokyo. Et elle travaille aussi pour différentes maisons d'édition du Québec, du Canada et d'Europe.

Entre ses nombreux voyages, elle a trouvé le temps de faire une exposition de ses aquarelles. Et pour s'aérer l'esprit, elle danse. Ça donne encore plus de mouvement à ses personnages.

Awa dans le désert est le premier roman qu'elle illustre à la courte échelle où elle a aussi illustré l'album *Les vacances d'Amélie*.

Du même auteur

Les éditions la courte échelle inc.
5243, boul. Saint-Laurent
Montréal (Québec) H2T 1S4

Conception graphique:
Derome design inc.

Révision des textes:
Odette Lord

Dépôt légal, 3e trimestre 1989
Bibliothèque nationale du Québec

Données de catalogage avant publication (Canada)

Pratte, François, 1958-

Awa dans le désert

(Premier Roman; PR 11)
Pour enfants à partir de 7 ans.

ISBN 2-89021-111-8

I. Langlois, Suzane.   II. Titre.   III. Collection.

PS8581.R37A92 1989   jC843'.54   C89-096199-9
PS9581.R37A92 1989
PZ23.P72Aw 1989

François Pratte

Awa
dans le désert

Illustrations
de Suzane Langlois

1
La lettre de Billy

— Une lettre pour toi, Awa! lance Djénéba à sa fille, à son retour de l'école.

Awa ouvre l'enveloppe. Sort la lettre. Une photo tombe par terre. C'est Billy Billing, son ami américain!*

Voici ce qu'il écrit:

Chère Awa,
Bientôt, ce sera les vacances. Qu'est-ce que tu fais, cet été? Si tu en as envie, mon père est d'accord pour t'inviter à passer le mois de juillet chez nous.

* Voir *Le secret d'Awa*, chez le même éditeur.

C'est dans le Nevada. J'es-
père que tu vas accepter. Et que
tes parents voudront que tu
viennes.

J'attends de tes nouvelles.
Téléphone-moi si tu ne trouves
pas le temps d'écrire.
À bientôt,
Billy
P.S. On a un barbecue.

Awa a du mal à contenir son enthousiasme. Oui: elle a envie d'aller au Nevada. Mais encore faut-il convaincre Maurice et Djénéba. Ils avaient sûrement d'autres plans pour elle...

Durant deux jours, Awa ne parle pas de la lettre. Puis, un soir, devant la bonne humeur de ses parents, elle leur lance:

— Je suis invitée par Billy à

passer les vacances chez lui, cet été. Son père accepte.

Maurice et Djénéba, complices, se regardent en souriant.

— Pourquoi souriez-vous? demande Awa.

— Parce qu'on le savait déjà! répond Maurice. Le père de Billy nous a téléphoné, la semaine dernière.

Ah! les coquins! Awa trouve ses parents cachottiers en oubliant qu'elle-même avait joué la cachottière...

— Alors, Awa, tu ne dis rien? demande Djénéba. Nous avons déjà réservé le billet d'avion. As-tu vraiment envie d'y aller?

Awa ne peut plus se contenir. Elle est folle de joie.

— Oui, j'ai envie d'y aller! leur répond-elle en sautant dans leurs bras.

2
Billy the kid

Awa a survécu à ses examens de fin d'année. Enfin les vacances!

Vous connaissez sans doute Las Vegas, la ville des casinos. On y a très vite gagné des fortunes. On en a vite perdu aussi.

À sa descente d'avion, Awa reconnaît tout de suite Billy Billing, dit Billy the kid.

Il porte un chapeau blanc, des lunettes de soleil rouges, une chemise à pois verts et des bermudas rayés.

Le même ensemble format géant se retrouve à côté de lui:

c'est son père qui le porte.

Pour seul bagage, Awa tient une petite valise rouge.

Awa et Billy sont visiblement très heureux de se revoir. Ils s'embrassent et Billy offre à Awa de transporter sa valise.

Desert City. Deux cents kilomètres au nord de Las Vegas. La ville porte bien son nom: une oasis au milieu du désert.

D'ailleurs, aussi incroyable que cela puisse paraître, il y a un lac immense dans la ville. Awa demande pourquoi.

— C'est un lac artificiel, répond Billy. Il existe depuis des années.

— L'eau vient d'où? demande Awa, curieuse.

— De sources souterraines.

Pourquoi un lac artificiel en plein désert? Pour l'argent, bien sûr.

La principale industrie du Nevada est le tourisme. Et un lac en plein désert, ça plaît aux touristes! Ils peuvent s'y baigner, y pêcher...

En arrivant à la maison, Billy indique à Awa sa chambre. Une belle chambre d'invitée! Puis il lui demande si elle veut prendre un bain.

Pendant ce temps, son père et lui prépareront des hot-dogs et des hamburgers sur charbon de bois.

Billy entre dans la salle de bains, ouvre les robinets et...

rien du tout. Il n'y a plus d'eau.

C'est la deuxième pénurie d'eau cette semaine.

3
Le lac Goldonion

Le lendemain matin, Awa et Billy font une longue balade à bicyclette.

Le soleil est ardent. Le Nevada est l'État américain où il pleut le moins souvent durant l'année.

Le long du chemin parcouru par les cyclistes, les plantes sont rares.

Ici et là, Billy montre du doigt des maisons à vendre.

— Bien des gens quittent le coin et vont vivre en Californie, l'État voisin.

— Pourquoi? demande Awa.

— Parce que, ici, il n'y a pas assez d'eau pour eux. Ils ne peuvent plus faire de jardin. La ville interdit même l'arrosage des potagers.

Awa et Billy arrivent enfin au lac Goldonion. Quel contraste! Des arbres fruitiers poussent et la pelouse est verdoyante.

Le désert paraît déjà loin!

En trois ans, Desert City est devenue l'une des villes importantes du Nevada.

Des hôtels se sont construits autour du lac. Puis des restaurants. Des condos. Des centres de golf miniature. Des casinos. Qui s'en plaindrait?

Awa et Billy ont stationné leurs bicyclettes près de la plage Goldonion.

Ils s'assoient au Goldonion

Snack Bar et commandent chacun un Goldonion Split. C'est un dessert à base de crème glacée et de fruits frais.

Derrière eux, ils peuvent apercevoir un superbe lac et une plage déjà bondée.

Des gens font du pédalo. D'autres font du canot. Certains, qu'on voit à peine parce qu'ils sont trop loin, pêchent, assis dans une barque, à l'ombre d'arbres feuillus.

M. Goldonion, le propriétaire des lieux, fait des affaires d'or.

La ville aussi puisqu'elle prélève une taxe sur ses revenus. Et les gens sont heureux parce que l'entreprise fournit des emplois.

— Regarde! dit Billy. C'est lui, M. Goldonion.

Oui, c'est bien le riche Silver Goldonion, cet homme immense qui salue tout le monde sur son passage.

Facile à reconnaître, il a un long cigare au bec et un énorme chapeau de cow-boy sur le coco.

Goldonion admire avec joie tous ces baigneurs. C'est de l'argent qu'il touchera bientôt...

Billy raconte enfin à Awa la récente histoire de Desert City:

— Avant, Desert City était un petit village. La plupart des gens avaient une ferme. Les cultivateurs irriguaient les champs et les légumes poussaient bien.

Awa n'en croit pas ses oreilles en repensant au désert. Et Billy ajoute:

— Il y avait même des plantations d'orangers.

— Des orangers? Wow! s'exclame Awa.

— Un jour, des gens se sont mis à vendre des terrains à Silver Goldonion. Il leur offrait beaucoup d'argent et personne ne savait pourquoi.

— C'était pour...

— Oui, Awa, quand Silver Goldonion a eu assez de terrains, il a creusé son lac.

— Il a pris toute l'eau pour son lac... et les gens n'ont rien dit? demande Awa, surprise.

— Mon père s'est plaint; d'autres aussi. Mais comme M. Goldonion a vite transformé le petit village de Desert City en véritable ville, la majorité des gens n'a pas protesté.

— Pourquoi?

— Parce qu'ils travaillent presque tous pour lui!

Billy the kid mange sa dernière bouchée de Goldonion Split et ajoute:

— Mon père veut vendre et partir, lui aussi. Moi, je ne veux pas! La plupart de mes amis sont encore ici. C'est à cause de Goldonion si la région est devenue désertique!

4
L'astuce

Le soir, Awa demande au père de Billy si c'est vrai qu'il veut vendre.

— Oui, Awa. C'est vrai. Pourtant, je me demande qui va vouloir de ma maison. Autrefois, elle valait beaucoup, mais aujourd'hui...

Et Billy ajoute:

— Même les entreprises Goldonion n'en veulent pas. Notre terrain est trop loin du lac.

Le lendemain matin, Awa se lève avant tout le monde. Elle enfourche sa bicyclette et part... à la recherche d'une idée.

En voyant le désert, elle a du mal à croire qu'il y avait là des orangers.

Awa essaie d'imaginer la vie qu'il y avait dans les champs: les oiseaux, les insectes, les plantes. Où sont allés les oiseaux?

Comment recréer la vie dans ce désert? se demande Awa. Il faudrait canaliser l'eau du lac vers le désert. L'irriguer, quoi! Et ça, c'est impossible maintenant.

Quand Awa revient à la maison, Billy la reçoit avec un verre de jus d'orange et des céréales.

— Nous attendons de la visite aujourd'hui, lui dit Billy.

— Qui?

— Oncle Victor. Il vient de Californie. C'est le frère de mon père.

***

L'oncle Victor arrive peu a-près le repas, pendant que tout le monde fait la sieste.

— Alors! lance Victor de sa grosse voix. On n'accueille plus la famille?

Aussitôt, les trois dormeurs sautent de leurs lits et courent vers l'entrée.

— Oncle Victor, dit Billy, je te présente Awa. Elle vient du Canada.

— Tu es venue te baigner au Nevada? demande Victor à Awa, l'air taquin.

— Et tes dauphins, Victor, tu les as toujours?

— Oh oui, Billy! Et j'en ai encore des nouveaux.

Victor Billing est l'un des

seuls hommes capables de communiquer avec les dauphins.

Comment? Il a inventé un synthétiseur qui reproduit leur langage.

Il a d'ailleurs souvent écrit des articles à leur sujet. Il a même publié un livre.

Tout l'après-midi, Victor raconte des anecdotes sur l'un ou l'autre de ses amis dauphins.

En particulier, sur celui qu'il appelle Pirate. Il le comprend parfaitement, comme si c'était un être humain.

En regardant la photo d'un dauphin, Awa remarque qu'il a une aile sur le dos, un vrai requin!

— C'est ce qu'on appelle l'aile dorsale, lui dit Victor. Souvent, les baigneurs prennent

les dauphins pour des requins et ça les effraie.

À mesure que Victor décrit le monde des dauphins, les yeux d'Awa s'illuminent.

— Est-ce que vous pouvez les transporter facilement? demande Awa.

— J'ai un camion spécialement conçu à cet effet, Awa. Pourquoi?

Awa le regarde droit dans les yeux, l'air fier de celle qui vient de faire une trouvaille:

— J'ai un plan, M. Billing.

5
Pirate

Au moins une semaine passe avant que Victor donne signe de vie. Puis, un bon après-midi, enfin...

— Dormez-vous encore? demande Victor à travers la moustiquaire de la porte d'entrée.

— On est ici! répond un Billy essoufflé derrière l'oncle Victor. On t'a vu arriver. On était à bicyclette.

Awa court vers eux avec l'excitation d'une fille qui va déballer son cadeau de Noël:

— Où est Pirate?

— Ici! lance l'oncle Victor.

Pirate, c'est un dauphin ma-
gnifique. Très gros, on jurerait
qu'il sourit avec sa gueule.

— Il est beau, mon Pirate!
dit Victor.

— Il doit avoir envie de se
dégourdir, le pauvre! dit Awa
en regardant M. Billing d'un air
complice.

M. Billing ajoute:

— Plus tard, Awa! Est-ce que

vous vous êtes bien préparés?

Oh oui, ils le sont! Chaque étape du plan d'Awa a été répétée une dizaine de fois. Et si tout ne se produit pas comme prévu, chacun saura quoi faire.

***

À dix-neuf heures trente, Victor quitte la maison avec Pirate. Quelques minutes plus tard, Awa et Billy enfourchent leurs bicyclettes.

Billy apporte son appareil photo muni d'un flash électronique. Tout doit se dérouler au coucher du soleil, juste avant la nuit.

Sous ses vêtements de tous les jours, Awa porte un maillot de bain. Elle est prête.

6
Le coup

— Deux billets, s'il vous plaît, demande Billy au guichet de la plage.

— C'est six dollars, jeune homme! répond la préposée.

— C'est bien cher! réplique Awa, choquée.

Après avoir payé, Billy et Awa se rendent près de l'eau pour y étendre leurs serviettes.

Les baigneurs sont encore nombreux malgré l'heure tardive: il fait chaud.

Deux sauveteurs sont aux aguets. Dans une demi-heure, au coucher du soleil, il sera interdit de se baigner.

Les minutes passent.

— C'est le moment! souffle Billy à l'oreille d'Awa.

Awa se lève et se dirige vers le lac. Puis elle plonge.

— L'eau est bonne! crie-
t-elle à Billy.

Une dame assez âgée, tout
près d'elle, l'aperçoit en train de
faire de la plongée sous-marine:

— Attention, mademoiselle!
Il fait presque noir!

— Je sais, madame! Mais j'ai
de bons yeux!

Awa s'amuse comme un pois-
son. Oui, l'eau est franchement
bonne...

Hiiiiiii!!!!!!...... crie la vieille
dame.

Silence. Son visage est paralysé par la peur. Sa bouche est encore grande ouverte.

— Qu'y a-t-il, madame? lui demande un baigneur. Ça va?

— Un re... un re...

— Votre remède, madame?

— AU SECOURS! crie Awa. UN REQUIN!

Clic! et encore clic! fait Billy avec son appareil photo.

Maintenant, tous les baigneurs voient ce requin qui se dirige vers eux à la vitesse d'une torpille.

Panique générale. Les gens nagent aussi vite qu'ils peuvent. D'autres semblent littéralement courir sur l'eau.

— Maman! Maman! crie un enfant apeuré par... la peur de sa mère!

Au bout d'un instant, tous les baigneurs ont gagné la plage, sains et saufs.

— Où est-il? demande un homme.

— Il est là-bas! répond une fillette en montrant l'aile du requin qui s'éloigne de la plage.

— Tu n'as rien, ma grande? demande l'un des sauveteurs à Awa.

— Non, monsieur. Le requin a voulu me croquer la jambe, mais le flash de mon ami Billy l'a effrayé.

Durant cette scène de panique générale, Billy a pris au moins une trentaine de photos.

On y verra des visages effrayés, tordus de stupeur. Et, bien sûr, un dos de requin féroce!

Pirate a joué son rôle à merveille. Il est maintenant retourné rejoindre son maître Victor à l'autre extrémité du lac...

Tout a marché encore mieux que prévu.

Awa et Billy restent sur la plage au moins deux heures de plus pour répondre aux questions de la police et des journalistes... Awa se fait même interviewer par la télévision.

Quant à Billy, il a vendu ses photos. Elles seront diffusées dans les journaux du monde entier! (Du moins, l'espère-t-il...)

Silver Goldonion est estomaqué:

— Mesdames et messieurs! Cette histoire de requin est l'oeuvre d'un farceur! C'est un lac artificiel. Il n'est relié à aucune rivière! Il ne peut pas y avoir de vrai requin au lac Goldonion!

Goldonion parle à un mur. Les gens ont VU le requin. Il a même été PHOTOGRAPHIÉ!

La partie semble être gagnée pour Awa et Billy.

7
Miracle
à Desert City

Le lendemain, des journaux du monde entier parlent de l'étonnante histoire de Desert City.

Un journal parisien titre en première page, avec photos à l'appui: «Une jeune fille frôle la mort dans un lac artificiel infesté de requins!»

À Montréal, tous les journaux en parlent abondamment.

Par exemple: «La petite Awa, à un cheveu d'une mâchoire de requin!», «Un requin sème la terreur au Nevada» et «30 secondes de plus et le requin

croquait la jambe d'Awa Le-
boeuf».

Bien sûr, les Russes aussi,
soulignent l'événement: «Un requin dans le désert américain!»

Certains lancent même la ru-
meur que l'histoire serait un
coup monté d'un concurrent de
Goldonion à Las Vegas.

«Les gens oublient vite!»
songe Goldonion en lisant les
journaux.

Pourtant la plage restera vide durant des jours. Puis des semaines.

Quelques rares pêcheurs courageux oseront s'aventurer sur le lac. Mais au fond, apeurés à l'idée de voir surgir un requin, ils n'y retourneront plus...

Vers la fin du mois de juillet, Awa fait ses bagages pour

retourner à Montréal. Le matin du départ, elle entend cette nouvelle à la radio locale: «Silver Goldonion ferme son lac.»

Awa et Billy ont gagné.

Que deviendront les entreprises de Goldonion à Desert City? Les hôtels et les casinos resteront ouverts. Comme ceux de Reno et de Las Vegas.

Mais à la place d'un immense lac au milieu du désert, les touristes pourront voir une belle fontaine entourée de magnifiques cactus. Charmant!

Bientôt, oui, très bientôt, le désert aura retrouvé ses couleurs d'antan. L'eau du lac sera canalisée vers les terres environnantes.

Et parce que les champs seront bien irrigués, les plantes recommenceront à pousser.

Les oiseaux pourront aussi chanter et les insectes se mettront à chatouiller les oreilles des habitants.

Et Billy restera avec son père à Desert City.

8
Le retour d'Awa

Aéroport de Montréal. Djénéba et Maurice attendent leur fille Awa depuis plus d'une demi-heure.

Dehors, il pleut comme si toute l'eau du monde tombait sur la tête des Montréalais.

— La voilà! dit Djénéba, contente de voir sa fille.

Oui, c'est bien Awa, la petite frisée à la valise rouge. Elle a l'air tout à fait reposée.

Non, non, douanier, arrêtez de la fouiller! Elle n'a pas caché de la drogue ni des diamants dans sa valise. Une dent de

requin, peut-être?

Enfin libérée! Awa court vers ses parents et se jette à leur cou!

— Awa, lui demande son père, quelle aventure vas-tu encore nous raconter? Qu'est-ce que cette histoire de requin?

Awa lui fait un sourire:

— Des requins, papa? Je n'ai jamais vu de requins... Et toi?

Et elle quitte l'aéroport en faisant un clin d'oeil au douanier.

Table des matières

Achevé d'imprimer
sur les presses de Litho Acme Inc.
3e trimestre 1989